Partes homólogas

REFORMATÓRIO

Partes homólogas

LEILA GUENTHER

Editores
Marcelo Nocelli
Rennan Martens

Revisão
Marcelo Nocelli

Imagem de capa
Tieko Irii

Design e editoração eletrônica
Negrito Produção Editorial

Dados Internacionais de Catalogação na Publicação (CIP)
Bibliotecária Juliana Farias Motta (CRB 7-5880)

Guenther, Leila, 1976-
Partes homólogas / Leila Guenther. –- São Paulo: Reformatório, 2019.
104 p.; 14 x 21 cm.

ISBN 978-85-66887-61-7

1. Contos brasileiros. I. Título.
G927P CDD B869.3

Índice para catálogo sistemático:
1. Contos brasileiros

Editora Reformatório
www.reformatorio.com.br

As diferentes partes homólogas do corpo que, no início do período embrionário, apresentam uma estrutura idêntica, e que são, por conseguinte, expostas a condições semelhantes, estão sujeitas a variar da mesma maneira.

CHARLES DARWIN, *A origem das espécies*

Sumário

FORA

Díptico

I

Você dá voltas antes de chegar ao apartamento. É uma forma de ganhar tempo para pensar se afinal você a leva ou não. Antes de chegar, poderia dizer a ela que não está se sentido bem, pedir desculpas e imediatamente resolver o mal-entendido. Ela conhece bem aquela parte da cidade, deve ter percebido que você está vacilante, que está, como um motorista desonesto, dando voltas para aumentar o valor da corrida. Você faz perguntas a ela, perguntas automáticas, meio decoradas, que faria nessa ordem a qualquer uma que levasse de um bar até sua casa, no outro lado da cidade, nessas circunstâncias. Ela responde, mas não demonstra que sabe. Que conhece esse seu jogo tantas vezes experimentado em suas longas noites sem sono. Então você finalmente se decide. Sobem pela garagem. No elevador social, deparam-se com a imagem de um improvável casal refletida no espelho. Entram em casa. Ela fala que seu apartamento é bonito e pergunta o que vão beber, enquanto você primeiro enfileira, sobre a mesa de tampo de vidro, quatro estreitas carreiras de pó branco que ambos aspiram com a ajuda de uma nota de dólar. Por que uma nota de dólar?, ela quer saber. Acha curioso aquilo que você considera somente patético. Porque sempre fiz assim, você lhe diz, lembrando-se daquele tio sem rumo, hoje morto, que o apresentou a várias coisas e à sua primeira nota de dólar. A consciência do absurdo é mais forte agora em que ela penetrou seu universo, em que ela pode ver onde você dorme, onde você fecha os olhos para ninguém, pretensamente a salvo, embora ela não se importe nem um pouco com isso. A intimidade dos outros é para ela algo tão óbvio que ela sequer percebe que você está à mercê, exposto e meio incomodado. De novo você quer ganhar tempo, ordenar o pensamento, enquanto cogita se fará ou não fará, quando ela avista seu gato *sphinx*, totalmente desprovido de pelos, e pergunta se pode tocá-lo, talvez com mais interesse e sinceridade do que tocaria em qualquer parte de seu corpo solitário, você pensa. Você diz que sim, desde que possa depois, por sua vez, mostrar a ela algumas músicas que costuma ouvir, todas, embora muito diferentes entre si, partidárias de um estilo geral que um amigo definira como "bárbaro", de *barbárie*: corais da Melanésia, velhinhas de Okinawa, mestres marroquinos, misteriosas vozes da Bulgária e outras bizarrices das margens do mundo. Ela aceita. Enquanto ela acaricia a estranha pele de camurça morna de Fischer, tentando alisar o pescoço enrugado do felino com uma dedicação quase infantil, você a examina de perfil, sentindo um certo orgulho, ou superioridade, de ter lhe podido proporcionar algum tipo de excitação, qualquer que fosse. Depois, como parte do prometido, ela presta atenção em suas músicas não civilizadas, dando risada e dizendo que aquilo é tudo menos música. Ela quer saber o que o atrai naquilo, naquela confusão de ruídos, naquela ausência de melodia que só poderia ser a trilha sonora de um ritual de canibalismo. Você dá de ombros, mas sabe, consigo, que o que o atrai naquela música é a mesma coisa que a atrai para o gato e é a mesma coisa que o atrai para ela. O sentimento do longínquo, de uma distância só transponível por uma breve esperança. Daí você abre uma garrafa de vinho e lhe faz a pergunta definitiva (também sempre ensaiada no mais íntimo a todas aquelas que vislumbrou seja na tela grande do cinema, seja nas páginas da literatura), mas já sem o romantismo de outrora, quando você era jovem e ingênuo: por que é que você virou puta? Porque não sabia fazer mais nada direito além disso, ela diz. É uma boa resposta, você acha. Despida tanto de sentimentalismo quanto de razão. É uma resposta pragmática, tão pragmática que chega a ser poética. E ela, por sua vez, pergunta o que você vai querer, afinal. Você, tendo pensado esse tempo todo em que ela se distraía com Fischer, diz "nada" (embora vá pagá-la), enquanto se sente cair naquele papel ridículo de caras que contratam putas apenas porque precisam "de um pouco de companhia".

II

Ele bate três vezes na porta. Uma voz o manda entrar. Ele atravessa a fronteira que julga separar dois mundos completamente distintos. Pede licença. Dentro, ele vê de onde ela vem. A um canto, no quarto, divisa um contorno, uma silhueta de mulher, de frente para uma penteadeira. O espelho tem, no topo, diversas luzes, dessas que, num camarim de teatro, de passarela de moda, realçam a maquiagem bem-feita, valorizando a beleza, dando à mulher um aspecto por assim dizer espectral, etéreo, mágico, mas que ali, naquele lugar, ao contrário de iluminar, empanam o que poderia ser bonito à meia-luz, revelando cicatrizes, flacidez e a oleosidade dos poros dilatados pelo calor. É a terrível luz que vem de cima. Através do espelho ele contempla o rosto dela. É a primeira vez, desde que deixou de ser menino, que vem a um lugar assim. Quando novo, no interior do estado – para onde nunca mais retornou –, ele ia com o tio para a zona. O tio o usava como desculpa e, como recompensa por ele servir tão bem a seus propósitos, ou, antes, para que o menino não se sentisse entediado enquanto esperava, pagava-lhe uma mulher. Ele via o tio desaparecer escada acima enquanto ele se esforçava para acabar com a tubaína que uma das moças lhe tinha oferecido. Talvez tivesse sido mais fácil se ele bebesse o mesmo que o tio, chegou a pensar, muito tempo depois. Então uma delas o tomava pelas mãos, o levava para um quarto, o despia com destreza e o arrastava para a cama. Às vezes, ou, melhor dizendo, na maior parte das vezes, ele não conseguia fazer nada. De susto, terror, estranhamento. Agora, passado tanto tempo, ele se vê, sem o tio para conduzi-lo, num quarto com uma prostituta. Ela não retribui o olhar pelo espelho. Está concentrada no fecho de um brinco. Então se vira no banquinho giratório e sorri para ele. Com naturalidade. Diz para ele pegar, para os dois, uma bebida no frigobar. Ele mal olha a tabela de preços. Enquanto bebem, falam de amenidades e ele descobre que ela vem de uma cidade ainda mais distante que a dele. Ele bebe rápido, aproveitando o estômago vazio para ver a bebida fazer efeito mais depressa, de modo que possa logo acabar com aquilo e achar a porta da rua, a chave do carro, o bairro conhecido novamente, a própria casa. Ou então para esquecer a memória da tubaína. Quando o álcool o atinge, ele a toca. Toca seus cabelos, a pele de seus ombros à mostra. Despe seu vestido com a destreza dos papéis invertidos. Tem vontade de lhe falar. De falar do tio que o levava para a zona, do medo que sentia. Que sente. Do medo. Mas, em vez disso, e não sabe por que, ele fala de uns peixes que viu num documentário, peixes que, no acasalamento, se fixam no corpo das fêmeas, fundindo-se nelas, vivendo delas até a morte.

Ele fala como se falasse de uma amenidade qualquer, tal como das cidades de onde vieram, e pergunta se ela sabia disso, se já tinha ouvido falar dessa coisa estranha que acontece com alguns machos. Não, ela nunca ouviu falar. E sorri, acostumada que está a ouvir todo tipo de conversa em tais horas. São as últimas palavras que trocam antes de irem para cama, onde, ao contrário de todas as vezes que o fez quando era o menino levado ao bordel pelo tio, ou mesmo depois, quando era um adulto e eventualmente tinha namoradas, pelas quais nem ele nem mais o tio precisavam pagar, ele não sente medo. Sente-se livre. Livre do medo. E, na cama, ele chora, chora sobre aquele corpo, cada vez mais alto, aos soluços, até que enfim tudo termina. Então se levanta, sem jeito, pede para usar o banheiro, e sai de lá recomposto, mais dono de si, já completamente vestido, e estende a ela o dinheiro, no valor acertado antecipadamente

– sem esquecer o da bebida que pegou no frigobar. Ela por um momento parece hesitar, mas depois estende a mão e apanha as notas, sem dizer nada.

Das perdas

Por alguns momentos, sentado numa das últimas poltronas, ele teve a impressão de que o veículo tombaria, derrubado pelos ventos do temporal. Isso, aliado ao fato de pensar, com angústia, no que o aguardava, o impedira de dormir, por meia hora seguida. E, com a angústia, ele se esquecia de respirar, esse ato para ele tão voluntário como todas as coisas que tentava controlar. De repente, com a interrupção do ar, sentia-se sufocar, com o coração palpitando de tal forma que julgava suas batidas perceptíveis ao vizinho do lado. Então dava um grande suspiro e tentava pensar com mais calma no motivo por que estava fazendo aquela viagem, depois de tão longa ausência. Julgara que o afastamento o colocaria a salvo da saudade, da dor, da impotência de resguardar tudo o que lhe era caro, quando ele na verdade só fazia despertar, de forma aguda e nas horas felizes, esses sentimentos de que um dia tentara se libertar. Talvez a paz de espírito tivesse estado perto de onde julgava mesmo estar o problema, ou talvez essa paz não fosse algo que ele, do jeito que era, achasse digno de atingir um dia, onde quer que estivesse.

Quando o ônibus chegou aos arredores da cidade, notou que tudo estava lá, em seu devido lugar, quase sem mudanças, mas definitivamente perdido. O mal-estar da viagem cessara. No lugar dele, veio uma dor mais concreta e palpável: o sofrimento de não conseguir vislumbrar o mundo sem algo muito importante. Um mundo – o seu mundo – amputado, ao qual faltava um pedaço impossível de ser refeito. Se ao menos ele acreditasse que haveria um depois, algo além, um deus, por assim dizer, ele estaria mais tranquilo, seria até capaz de suportar, mas ele tivera a infelicidade de herdar do pai, aquele pai estranhamente submisso, uma profunda falta de fé. O pai, ao menos, tentara. Esforçara-se para adquirir algo que não tinha, e nunca teria, e por isso ficou louco, murmurando sempre e apenas "por que me abandonaste?" não a deus, mas ao próprio filho. Mas ele nunca teria ido tão longe. O mais longe que fora não era distante de onde sempre esteve. E agora estava de volta.

O ônibus chegou à rodoviária às 9h da manhã. A viagem tinha durado mais do que as dez horas habituais, por causa da chuva que caíra durante boa parte do percurso.

Ao desembarcar, trazia consigo uma pequena maleta, uma garrafa de água e um sanduíche que não conseguira comer. Sentiu-se perdido e, como sempre acontecia nessas situações, só. Apesar de toda aquela gente que movimentava o terminal, ele era incapaz de enxergar alguma coisa. E, mesmo se alguém lhe dissesse "eu o levo pela mão", ele não poderia ouvir. Tudo lhe parecia abandonado, derruído. Resolveu se sentar um pouco no banco mais próximo da saída a fim de tomar força. Precisava de força, de uma coragem que ele não tinha tido nem mesmo quando partira, há anos. Só hoje se dera conta de que ter ido embora dali não fora um ato de coragem, mas uma retirada desastrada de alguém que, na fuga, deixa cair da valise vários pertences pelo caminho.

Esteve a ponto de chamar um táxi. Tentou fazer um gesto, mas o que seria dele se perdeu no ar. Ficou olhando a fila dos carros, nos quais entravam pessoas cujo destino se ignorava, a quem talvez aguardassem provações mais penosas que a dele. Só ele não conseguia. Ele sabia que era diferente, não para o bem, mas para o mal: era apenas um feto pela metade, que não poderia nunca ter vindo à luz. Diversos táxis partiram levando passageiros, sem que ele se decidisse a tomar um. Chorou impassível como um espectador no cinema que se emociona, com certo pudor, com um drama alheio e fictício. Estava cansado. Não podia se mover. Os pensamentos cessaram e sua cabeça ficou pairando num estranho vazio durante muito tempo. Depois, quase recomposto, olhou o relógio, voltando a si. Já anoitecia. O enterro devia ter terminado. Com esforço, separou algum dinheiro, jogou na lixeira a garrafa de água, o sanduíche e a maleta, e dirigiu-se ao guichê para comprar uma passagem de volta.

Partes homólogas

Na segunda metade do século XIX, nasceram na Tailândia os gêmeos xifópagos Wang e Chu, de família chinesa. Eram unidos na altura da barriga e tinham cada um dois braços e duas pernas, e não, como é habitual acontecer no caso de irmãos siameses, um corpo só, com um par de braços e outro de pernas e, via de regra, também um órgão vital: um fígado, um estômago, um coração a ser compartilhado. No entanto, como é de se imaginar, a vida é bem mais fácil quando se divide tudo. Quatro braços, quatro pernas, dois troncos e mais órgãos vitais em dobro causavam, no caso dos irmãos Wang e Chu, uma confusão tremenda e uma terrível dificuldade de existir. Quando Wang posicionava seu braço esquerdo um pouco à frente de seu tronco, Chu tinha de manter o direito perto das costas. As pernas coexistiam bem, mas precisavam de sincronia: era necessário que Wang movimentasse sua perna esquerda ao mesmo tempo e na mesma direção em que Chu colocasse sua perna direita, enquanto as pernas direita e esquerda de Wang e Chu, respectivamente, estivessem um passo atrás ou em outra direção, por assim dizer. Embora pudessem, em teoria, andar com as pernas alternadas, a coisa simplesmente nunca funcionava assim. Às vezes, Chu se alimentava mas quem se sentia satisfeito era Wang. Se os dois se empanturrassem de comer ao mesmo tempo, poderiam acabar dormindo por dois dias seguidos. Quando um dormia, o outro podia se pôr a sonhar, acordado. Eram, simplesmente, demais para habitarem o mesmo espaço. O caso não era novo no antigo Sião, mas, ainda assim, causava estranhamento em terras tailandesas e era visto, pelo menos nas aldeias e regiões mais supersticiosas, como uma punição divina. O destino para aqueles acometidos por tais malformações era geralmente a morte pelas mãos dos próprios pais, por ordens do rei, ou então o degredo. Nesse caso, não restava aos siameses outro destino senão a admissão, nas cidades grandes de além-mar, em circos de aberrações, os chamados *freak shows*, onde figuravam anões, mulheres barbadas e outras monstruosidades.

Assim, Wang e Chu, ainda que pertencentes a uma família mais esclarecida, foram criados isolados em casa, praticamente em segredo, distantes dos olhos curiosos do povo, até que a própria curiosidade dos dois revelasse sua existência ao mundo e a pusesse em risco. Tinham dezessete anos quando partiram para Bangkok, com a intenção de embarcarem para a Europa. Uma vez na capital, no entanto, foi-lhes difícil ocultar sua natureza. Logo a notícia daquela forma semelhante à de dois homens constantemente abraçados chegou aos ouvidos do rei.

Os irmãos sabiam o que os aguardava. Temeram pela sua sorte. Na melhor das hipóteses, se o rei estivesse de bom humor, poderiam ser condenados ao exílio. A caminho do palácio eles fizeram preces, cada um pela segurança do outro, com as mãos espalmadas no gesto da oração: a direita de Wang encostada à esquerda de Chu.

O rei voltava de uma batalha na fronteira com o Laos. Não estava de bom humor. Estava, antes, cheio de dores por causa do percurso em lombo de elefante. Quando os irmãos foram trazidos a sua presença, ele inquiriu, com mistura de desdém e curiosidade, como eles tinham vivido suas vidas até agora e o que sabiam fazer. Os irmãos então falaram.

Tinham vivido sua vida até então como qualquer um tinha vivido, com a diferença de nunca estarem a sós. Eram diferentes, mas também semelhantes. Estavam sozinhos, sentiam-se sozinhos, mas cada um em presença do outro, um outro que era como uma sombra com vida própria. Não sabiam o que era individualidade. Como viviam escondidos em casa, lá ajudavam sua mãe, na manutenção de coisas diversas. No fim do dia, porque ela estivesse cansada, eles massageavam seus músculos fatigados. O rei ordenou que eles o massageassem como faziam com sua mãe. Quatro mãos e quatro pés agiram com tal destreza sobre o corpo do monarca, aliviando-o de suas dores, que ele acolheu os irmãos na corte, como massagistas reais.

E ali ficaram até a chegada de Henry O'Hunter, que, encantado com a massagem que Wang e Chu promoviam à corte e a seus convidados, mas mais ainda com aquela figura de quatro braços e quatro pernas, mediante uma troca considerável – uma sueca tão loura e tão branca como nenhum tailandês tinha visto e que também fazia massagens –, levou os irmãos siameses para o velho mundo, agenciando-os nos *freak shows*.

Wang e Chu percorreram inúmeras cidades da Europa, ora apenas em companhia de O'Hunter, ora em trupes que se aventuravam pelas aldeias. Nas cidades pequenas, vilas e aldeias, o gosto era mais tradicional e as trupes – que viviam como uma espécie de família – faziam mais sucesso com seus palhaços, trapezistas, mágicos e animais domesticados. Os irmãos, por causa de sua malformação, atraíam mais público nas metrópoles, onde O'Hunter negociava seus cachês. Em Viena, testemunharam a construção da mais célebre roda-gigante do mundo, bem perto de onde estavam instalados; em Roma se apresentaram nas escadarias da Piazza di Spagna, juntamente com animais híbridos vindos de toda parte; em Paris, no circo de Montmartre, consultaram uma cartomante que os alertou sobre a sombra de um homem com o qual deveriam ter cuidado redobrado – que eles tomaram por O'Hunter; em Barcelona conheceram suas esposas chinesas – uma trapezista e uma contorcionista; em Londres, por insistência das esposas e ainda influenciados pela cartomante, se livraram de seu empresário, submetendo-se a uma arriscada cirurgia de separação. De lá, tendo decidido que a Europa nada mais tinha a lhes oferecer, embarcaram para a América, com a promessa de terra para cultivo e uma vida simples – sem mais confusões geradas pelo seu corpo duplicado.

Viveram dessa forma por alguns anos, com simplicidade e sem agitação, plantando e colhendo algodão e milho, apartados um do outro pela distância de dois quilômetros, mais do que qualquer outra já experimentada. Um dia, porém, chegou ao povoado próximo um grupo que mais parecia de ciganos. Era o Circo dos Medos. Os cartazes fixados nos muros brilhavam no escuro. Os dois foram até lá, às escondidas das esposas, ao sentirem novamente o apelo do passado. A instalação, que por fora se assemelhava a uma tenda humilde, parecia, por dentro, o interior de um antigo teatro abandonado, com a diferença de que ocorriam vários números ao mesmo tempo, divididos apenas por cortinas de veludo azul puído que deviam ser transpostas para se chegar a outro número. Tapetes orientais empoeirados recobriam o chão e, em alguns cantos, bustos ou esfinges douradas faziam as vezes de colunas. Os irmãos atravessaram inúmeras cortinas e assistiram a números tão díspares e improváveis como o de uma jovem que devia subir numa estrutura de ferro para alcançar seu mestre japonês, que meditava em posição de lótus no topo; de palhaços anões sem maquiagem que choravam defronte a uma plateia que não ria e o de uma senhora que presenciava, enquanto bradava ignorada como se fosse invisível, seu marido acariciando a amante. Diante do que viram ali, tiveram, quase ao mesmo tempo, a ideia do espetáculo de suas vidas. Nesse momento as palavras da cartomante enfim se fizeram claras. Abandonaram suas esposas, seus filhos, suas casas e suas terras para retomar a vida itinerante.

No dia da estreia de Wang e Chu, os espectadores presenciaram uma das mais estranhas atrações já vistas no Circo dos Medos: dois ex-irmãos siameses unidos por uma deformidade cirurgicamente construída: a perna direita de um estava costurada, pela derme, à esquerda do outro, de modo que pareciam um só ser de três pernas.

Não se separaram mais. Sobre três pernas viveram o restante de seus dias, percorrendo as mais diversas cidades da

América, até o começo do novo e esperado século, quando morreram, primeiro Chu e depois Wang, num intervalo de 42 horas.

Para um menino na guerra

Tarik, eu me lembro de você. De como era frágil, de como tinha medo. Eu também era frágil, e tinha medo. Dois terços de nós, ou mais, eram assim. Você tinha olhos grandes, que deveriam ser bonitos hoje, mas que na época pareciam desproporcionais ao tamanho do rosto, miúdo e magro. Você chorava quando, sentado sobre uma das pernas, elas formigavam. Isso era imperdoável. Chorava quando lhe diziam para que o fizesse. E todos riam. Você não tinha nem o perdão ou o azar de ser estudioso. Se fosse, pelo menos para algumas coisas não o teriam desprezado. Mas sentava-se perto da janela e ficava distraído olhando através dela com o olhar oscilando entre o vazio e o sonho. Quando a professora pedia que continuasse a leitura de onde alguém tinha parado, você nunca sabia onde estava. E, quando descobria, gaguejava, se enroscava em murmúrios incompreensíveis, pálido como os que nunca iam para a praia nas férias. Do que mais me lembro é de sua voz. Som e cheiro são coisas de que nunca me esqueço, embora não consiga descrevê-las. Que dizer de sua voz, se não que era uma melodia tocada um tom acima? Você não devia ser pobre, a julgar pelo carro com que vinham buscá-lo. Tinha carro e por isso nunca um estranho o pegaria no caminho da escola e enfiaria os dedos em partes suas que você sequer conhecia direito. Pelo menos não era menina, e não tinha borrachas cor-de-rosa com cheiro de morango que eram sempre roubadas por alguém que o ameaçasse de calúnia caso o furto fosse delatado. Mas tenho certeza de que sofria por ser o último escolhido para dançar a quadrilha nas festas juninas. Assim como nas aulas de educação física. Porque pertencia ao grupo daqueles a que faltavam a coordenação, a beleza e a graça de movimentos das crianças felizes. Aos que não possuíam um corpo com que se defender. Pelo menos não tinha amigos que o diminuíssem. Não tinha amigos, em absoluto, o que deveria facilitar muito a compreensão de sentimentos confusos. Pois como entender que se possa, deliberadamente, humilhar um amigo? A tirania das crianças: jamais compreendi quem tem nostalgia do passado.

No fim de 1984, disseram que você ia embora. Ia para o Líbano, que eu sabia vagamente ser mais distante do que a Argentina e mais perigoso por causa de uma guerra. Um conflito que durava mais do que sua existência inteira. Mesmo assim, nem lhe desejei boa sorte.

Faz quase trinta anos e eu ainda me lembro. Na verdade eu me lembro todos os dias. E lembro que passei muito tempo imaginando que você tivesse partido por causa das coisas ruins que lhe aconteciam na escola. Pensei que era porque ninguém tivesse feito nada contra os seus inimigos.

Um ano depois de sua partida, a diretora da escola, numa reunião de pais - contou minha mãe -, disse que você tinha morrido. Não da guerra, mas de um câncer silencioso, desconhecido. Pensei que provavelmente tinha sido engendrado aqui. E que eu não pudera evitar. De repente se abriu como uma flor raivosa na violenta primavera. Foi o que soube: em questão de um mês, tudo estava acabado. Ouvi ainda o resto: o tratamento brutal, o desespero da última tentativa. Foi a primeira vez que eu ouvi falar tão concretamente na morte.

E eu sobrevivi.

Hora marcada

Perto da calçada, ele para, atraído pelo relevo de um objeto no chão. É um relógio de pulso, com o vidro quebrado, destruído talvez por um carro ou apenas vítima de alguém que o tenha arremessado de uma janela. O relógio parou às 13h55. Ele acha que essa é uma boa hora para começar, ou para parar de. Não sabe o que faz ali, parado também. As pernas doem, por isso imagina que tenha andado bastante. Lembra-se vagamente de ter passado por avenidas largas e cheias de gente, cruzado pontes e atravessado túneis que propagavam ao infinito o ruído dos carros. Lugares onde não se vê a luz. De onde não se diz se lá fora faz escuro. Ele se lembra também, de uma forma menos nítida e no entanto mais vívida, de um quintal com uma mesa comprida em torno da qual várias pessoas, cujos rostos ele não identifica mais, bebiam e comiam o que ele preparava. Ele tinha pessoas ao redor de si. Ele falava. Ele existia. Havia cachorros cercando a mesa, à espera de que lhes dessem comida. Havia sol. Um sol cujos raios apareciam de vez em quando entre a folhagem que a brisa movimentava. Mas isso parecia tão distante no tempo que ele não tinha a certeza de tê-lo mesmo vivido. Agora ele está cansado. Tem sede. Senta-se na beira da calçada com os braços apoiados sobre os joelhos, de modo que as mãos pendem para baixo. Um cachorro se aproxima e enfia a cabeça sob suas mãos. Ele o afaga. O cachorro fecha suavemente os olhos e põe a língua de volta para dentro da boca. Parece cansado. Deve ter sede. Pode ter percorrido vários lugares, avenidas largas e cheias de gente, cruzado pontes e atravessado túneis que propagavam ao infinito o ruído dos carros. O homem olha de súbito para o cão, retira as mãos de cima do animal, afivela o relógio no pulso. Tem a sensação de já ter feito isso antes, de ter vestido inúmeras coisas inúteis, velhas, quebradas. Trastes que achou pelo caminho, sapatos furados, chapéu amassado, camisa sem botão. Então olha para a nova posse. Diz para si mesmo que já está na hora, que já não é sem tempo. São 13h55. Ele se levanta e parte na direção oposta de onde julga ter vindo. O cachorro o segue.

Romã

Lia descansa o copo de uísque sobre a mesinha de canto. Contempla suas mãos, que o seguram, suas unhas de formato quadrado, apesar da delicadeza dos dedos, pequenos, as manchas incipientes. E contempla também uma coisa, como se estivesse refletida nas paredes da sala, que vagamente poderia chamar de amor. Ou conceito de amor. Acha que isso vem à sua cabeça por causa da música que pôs no aparelho de som, uma música antiga, que Lia julgava, quando jovem, enigmática: falava do amor como uma coisa concreta, que se podia vestir, lavar, passar adiante. Há uma meia hora, quando procurava uns documentos, deparou com uma carta. Uma carta que não enviou. Na verdade eram várias cartas nunca enviadas a um mesmo destinatário. E a música era a que gostaria de ter lhe cantado quando ainda podia. Porque há certas sensações, pensamentos, vislumbres que só se fazem claros quando referidos por imagem, ou por som, num poema ou numa letra de canção.

Foi por causa das cartas, do destinatário e da música que se ela se lembrou do uísque.

* * *

Tentou disfarçar o amargor e a vontade de contrair o rosto numa careta quando ele lhe estendeu o copo. Aos primeiros goles já se sentiu zonza e com vontade de vomitar. Assim seria durante a maior parte de sua vida. No entanto nada disso a impediria de ceder ao apelo da entrega profunda que só o álcool proporcionava. Era o preço que se pagava por desejar estar sempre o mais distante possível de si mesma. Mas ali, naquele dia, o que Lia fez foi apreender progressivamente o apelo dos sentidos, de uma forma contraditória: ao mesmo tempo em que tudo se tornava mais intenso, seu corpo ficava mais insensível. Sozinha consigo, que era como sempre estivera, ela o observava e tentava descobrir se o que via era um truque ou ele mesmo. Por um momento, desejou que ele estivesse mentindo, porque estava farta de sinceridades. De pessoas falando a verdade.

* * *

Lia passava a maior parte do tempo enfurnada em livros sobre os mais diversos assuntos e desinteressada de tudo que fosse real, prático, funcional, inclusive das aulas. Era capaz de ser arrebatada pelos mistérios de *Uma breve história do tempo* e passar os cinquenta minutos da aula de Física entediada, mal conseguindo disfarçar o alheamento.

No último ano, estava decidida a não tentar nenhuma faculdade. Não suportaria ter de estudar por mais quatro ou cinco anos algo de que não gostasse, disse, na classe, quando perguntada sobre os planos futuros pelo professor de

Psicologia numa aula sobre orientação vocacional. E, também, acrescentou, não tinha talento. Os alunos à volta não compreendiam. Todos ali falavam de metas, de carreira, de futuro, esse tempo que Lia não tinha a menor ideia de onde se localizava. Talvez apenas ainda não tivesse descoberto do que realmente gostava, conjecturou o professor.

Talvez nunca descobrisse, ela respondeu.

* * *

O professor de Psicologia pedira que escrevessem um texto no qual se identificassem com uma fruta. Lia escolhera a romã pelo que acreditava ser negativo: algo desprovido de graça quando se olhava por fora, e o que poderia ser belo, por dentro, se revelava apenas um amontoado de caroços sem sabor. Quando ele devolveu sua redação, ela veio com um comentário: "A romã não é propriamente uma fruta. É uma infrutescência. Na Grécia, simbolizava o amor e a fertilidade, e era consagrada a Afrodite. Estava nos jardins do rei Salomão, pela beleza de sua flor. Não se deve desdenhar da romã, de sua conformação difícil, dividida, e do que deixa, a custo, entrever em seu interior." Por último perguntou se ela sabia o que era um anagrama.

Não. Ela não sabia. E ela, que lia tanto, também não sabia nada disso sobre o que escrevera.

* * *

Depois da aula, Lia ficou a postos em sua *mobilete*, esperando que o carro azul, estacionado na rua atrás da escola, partisse. Então ele passou, e ela o seguiu. Por vinte minutos ela rodou pela cidade sem perdê-lo de vista. Quando ele parou em frente a uma casa térrea sem garagem num bairro residencial, ela também parou, a uma distância segura, e esperou até o motorista do carro entrar pelo portão baixo do pequeno jardim da frente.

* * *

Ali mesmo à porta, ela pediu que lhe falasse mais sobre a romã.

E assim tudo começou. Lia já estivera com garotos antes, mas nunca deixara que eles fossem muito longe. Agora, que estava pela primeira vez com um homem de verdade, era ela que se adiantava a qualquer movimento dele. Depois, mais tarde, quando estivesse a sós, ela não acreditaria na coragem que teve de abordá-lo assim, ela, que nunca abordara ninguém, e de falar a ele da estranheza e da solidão de ser o que era, ela, que nunca se expusera a ninguém. Não acreditaria que bebera todo o uísque que ele, pelo desconcerto da situação, tomava e lhe oferecera com as próprias mãos, que a ela pareciam ora trêmulas, ora firmes enquanto ela mesma tremia.

* * *

A casa do professor era o lugar em que ele, também psicanalista, clinicava. Tinha sido apenas seu local de trabalho até ele se divorciar da mulher e passar a viver ali. O espaço era exíguo – dois quartos pequenos, um deles com uma poltrona, um divã e uma estante de livros; o outro, com uma cama de casal, outra estante de livros, menor, um guarda-roupa e a foto da filha sobre o criado-mudo. Nos fundos, uma edícula com um sofá-cama onde a filha preferia dormir quando vinha visitá-lo. Ela devia ter a idade de Lia e foi por ela, disse, que ele adiara tanto o fim de um casamento já acabado. Ela e Lia, como esta foi percebendo das informações que aos poucos foi recolhendo do que ele lhe falava, tinham várias semelhanças: a mesma compleição, pernas com panturrilhas firmes, quadris pequenos, um corpo reduzido, um sorriso um pouco assimétrico, com o lado esquerdo dos lábios superiores mais levantado, e olhos que pareciam, à primeira vista, ligeiramente estrábicos.

E foi ali, no espaço do amor, que Lia conheceu também pela primeira vez um desconforto que só o álcool parecia abrandar, algo sobre o qual ainda sabia tão pouco quanto sabia da romã.

* * *

Na biblioteca lia um livro que o professor lhe recomendara. Só havia ela e um garoto do segundo ano, na mesa ao lado. Ele tinha o rosto cheio de espinhas, o cabelo, na altura dos ombros, engordurado, e parecia se coçar. Lia continuou com os olhos fixos nas páginas de *O que ela encontrou por lá*, embora sua visão periférica a advertisse sobre alguma coisa de que ela não tinha certeza. Lia se levantou e fingiu ir buscar um livro numa estante. O garoto não se coçava, ele se masturbava, ela constatou, com horror e calma. Lia saiu dali como se não tivesse visto nada.

* * *

O professor a recebeu constrangido, porque um paciente chegaria em meia hora. Ele a levou para a edícula nos fundos da casa, onde Lia chorou, sem conseguir se controlar, enquanto ele tentava acalmá-la. Ele passou as mãos por seu cabelo, pelo seu rosto úmido, e uma vontade de preservá-la, de cuidar dela, se apoderou dele. Acomodou-a no sofá-cama e a cobriu com uma colcha de crochê, enquanto lhe sussurrava baixinho uma canção de amor, até que ela dormisse.

Depois da sessão, ele a acordou deitando-se ao seu lado, envolvendo o corpo pequeno de Lia com o seu, e pediu que lhe dissesse tudo. Ela disse que tinha uma cicatriz, algo escrito em seu corpo, de que não sabia como se livrar, um aviso, uma placa que informava ao mundo que ela não era digna de respeito. O sinal de Caim, ele pensou. Era essa a marca que a trouxe para ele, o professor disse, e o desejo o invadiu, um desejo paradoxal de resguardá-la e, ao mesmo tempo, de dilacerá-la até a destruição.

* * *

Na edícula, onde com frequência Lia o esperava, ela examinava peças de vestuário feminino com um interesse quase científico. Um dia uma camiseta com estampa de urso, esquecida ao lado do sofá-cama, no outro um vestido curto de alcinhas. Um par de chinelos cor-de-rosa que tinham o seu número. O único pé de uma meia soquete puída. Certa vez encontrou uma calcinha. Ela a cheirou, a esticou, ponderou sobre o peso do algodão e sobre sua estampa miúda de flor, e, constatando que era do seu tamanho, por fim a vestiu e se postou na frente da janela fechada cujo reflexo lhe servia de espelho, quando ele chegou e beijou sua nuca, suas costas, agarrando-a por trás, esfregando com violência seu corpo contra o dela. Sentiu como se o desejo dele passasse por ela e se dirigisse a outro ponto. Como se ela fosse o vidro da janela e ele olhasse através dela, sem poder atravessar.

* * *

Às vezes eles só conversavam, entre um gole e outro de uísque. Sobre livros. Sobre o amor. Sobre Lia. Sobre o futuro dela. Outras não falavam nada. Apenas se contemplavam. Ele, à juventude dela, à experiência teórica que tentava demonstrar em tudo; ela, aos indícios de uma maturidade forçada, de pelos, cabelos brancos e rugas, dele. E, em algumas delas, quando Lia pedia que ele a possuísse no outro quarto, sobre o divã, apenas ele falava. Falava um nome no ápice do amor, sussurrado, um nome que não era o de Lia. O nome da filha. E porque não sabia se ouvira mesmo o que tinha ouvido, Lia lhe pedia que fizesse mais uma vez, e mais outra, tantas vezes quanto durasse sua dúvida.

* * *

Alguns dias Lia não podia ir à casa do professor. Era quando ele tinha pacientes ou quando a filha ia visitá-lo. Nesses dias ficava na biblioteca da escola, que era onde dizia aos pais estar quando não estava, o que não deixava de ser verdade. Na biblioteca, sozinha, escrevia cartas. Confissões, dúvidas, acusações, sobre a sensação pungente de ter sido cortada em partes, roubada, arrastada pela correnteza de um rio sem margens. Sobre a capacidade dele de descobrir talentos e vocações. Cartas que nunca enviaria ao seu destino.

* * *

Numa das últimas aulas do ano letivo, Lia chegou atrasada à escola. Tinha esperado por ele na rua onde costumava estacionar, e onde todas as manhãs se viam sem se sem aproximar, como se fossem desconhecidos. Assistiu às aulas com desinteresse. A última era a de Psicologia, mas o professor não viera e os alunos foram dispensados. Lia então ficou sabendo do acidente.

Ela não soube como dirigiu, que manobras teve de fazer até atravessar corredores brancos e iluminados que desembocavam numa recepção asséptica, onde, antes de pedir para vê-lo, perguntou à atendente se algum parente próximo estava ali. Não soube tampouco como deixou o hospital. Apenas se lembrava da sequência: a atendente lhe mostrou uma senhora, sentada com ar desolado no saguão; Lia se aproximou, dividida entre o medo e a curiosidade; ficou sabendo dos detalhes do acidente; que se tratava da sua única parente viva; que ele era muito reservado e mesmo a ela raramente procurava. E sobretudo se lembrava do último ato, de quando, confusa, perguntou pela filha dele e, antes que pudesse ouvir a resposta chocante, Lia a adivinhou, pela expressão de espanto da velha senhora.

De assalto

Apenas o cachorro se agitou quando a porta foi arrombada. O velho continuou sentado, como se o esperasse há muito tempo. Encontrava-se à luz fraca de um pequeno abajur e estava calmo. O ladrão, assombrado diante da estranha reação, fez-se violento na voz. Mandou o velho mostrar o que havia de valor na casa, do contrário o mataria. O velho disse que daria qualquer coisa – inclusive as fotos de sua juventude – com a condição de que o ladrão o matasse *mesmo*.

De fogo e de água

Penso que para não se ter uma visão estereotipada de uma cultura, é preciso ter nascido nela. Não basta visitar o país de onde ela provém, conhecer seu povo, ou mesmo morar durante algum tempo lá. Podemos ser até especialistas em sua arte, sua literatura, sua história. Mas o que sobra disso, ou de uma viagem, por exemplo, por mais que nos envolvamos com o outro, é sempre uma generalização, um lugar-comum. E não que seja ruim. Não no México, pelo menos.

Nesse país onde tudo tem proporções imensas – as cidades, as avenidas, as construções, a arte mural, precursora do grafite, as antigas civilizações, os infinitos sacrifícios de sangue (esse elemento singular que combina o frio da água com o quente do fogo) – só o povo é pequenino como uma criança falante que se tem vontade de pôr no colo. Há música por toda parte – e numa altura ensurdecedora – comida picante, muita bebida, filas, trânsito caótico, buzinas, roupas coloridas, garçons curiosos e *mariachis* de vozeirão e chapéus enormes. Tanta gente que não ouso imaginar o que seria a China. E um espanhol mais doce do que aquele falado na Espanha. É o país do excesso, que atordoa do momento em que se chega àquele em que se parte.

No último dia de minha estada lá, no entanto, quando entrei no banheiro do aeroporto antes de embarcar de volta, vi uma cena que me desconcertou e que em nada se parecia com as descrições de guias de viagem que eu mesma tinha comprovado *in loco*. Uma moça chorava enquanto se olhava no espelho. Olhava no fundo dos próprios olhos, sem autopiedade, mas também sem vergonha de sua dor. Era como se tivesse uma nobreza humilde, ou uma resignação altiva, com o perdão do paradoxo. Uma forma de pranto muito diferente de tudo o que eu tinha visto. Nenhum dos músculos de sua face se mexia. Depois enxugava as lágrimas antes que escorressem pelo rosto, para que não estragassem ainda mais a maquiagem. Estava de avental e, ao que parecia, devia voltar a algum trabalho no aeroporto. Em nenhum momento tirou os olhos inchados do espelho.

De todas as impressões da viagem, essa última imagem se tornou, entretanto, a definitiva: para mim o México era uma mulher que chorava em silêncio num banheiro público.

Viagem a um lugar comum

Depois daquele instante, que permanece em algum lugar da memória, como se pairasse, sem forma, começo ou término, acima de todas as coisas terrenas, e que nem mesmo o tempo, o mais movediço dos seres, podia abarcar, a vida, à sua revelia, pareceu retomar seu curso normal, caminhando na direção do fim, de todas as ruínas, do abismo, para o qual ela sempre fora atraída.

De regresso, chegou mesmo a se questionar se afinal sonhara que o conhecera para acordar com a impressão de que a vida desperta era insignificante ou se na verdade sempre estivera a seu lado e um outro alguém sonhava que estava aqui, sozinha, errando sem destino por ruas abafadas e confusas. Ela anda por uma terra estranha como uma figurante de um filme que já acabou, pisando em escombros – tudo lhe é morto.

Os sonhos são feitos de matéria obscura e incompreensível. Mesmo a razão de eles acontecerem não é permitido entender (como pouca coisa o é). E é à noite, quando em vão se tenta esquecer o dia, que esses pedaços de vida verdadeira mais assombram. Sempre os considerou mais reais que a própria vigília. Esteja ela certa ou não a seu respeito, eles anteciparam o que lhe aconteceria: através deles anteviu seus gestos, sua pele, seu cheiro, o som misterioso de sua língua e as batidas ritmadas de seu coração, tão perfeitamente familiares aos seus ouvidos.

Ecos de um corpo dentro dela.

* * *

Já era fim de tarde quando desembarcou em Varanasi. Estava ansiosa, não propriamente com o que iria ver, mas pelo fato de não saber o que a esperava, nem o que viera fazer ali. Já estivera em outros lugares antes, mas nunca se sentira assim. Varanasi foi como um chamado, uma ordem. Um dia acordou de um sonho no qual saía completamente limpa das águas de um rio sujo em direção a uma escadaria de duas cores. Decidiu que deveria ir para lá.

* * *

Ele surgiu, no aeroporto, na fila dos táxis. Ela não sabia que ele existia de fato. Ele não sabia que ela estava lá. Deve de alguma forma ter nascido naquele momento, pois o viu perscrutar com seus olhos negros e turvos algo nela que ela desconhecia possuir até então, ao mesmo tempo em que tentava esconder seu próprio peito esfacelado, enquanto apanhava a mala para conduzi-la ao hotel.

* * *

Ela só percebeu o calor quando deixou o ar-condicionado. Ele estava à espera num dos táxis parados em frente ao hotel. Ela lhe pediu que a levasse por um tour pela cidade. No banco de trás, em vez de observar o caminho, ela contemplou seu cabelo liso, grosso e preto e o perfil que deixava à mostra parte da pele azeitonada. Levou um cigarro aos lábios e, antes que retirasse o isqueiro da bolsa, ele se ofereceu para acendê-lo, com a mão esquerda e, como as janelas estavam abertas, ela se inclinou e fechou suas mãos sobre a dele, para manter acesa a chama.

Não queria mais deixar de tocá-las. Eram elas que lhe devolveriam a identidade, eram elas que a moldariam. Soltá-las seria estar imersa na escuridão novamente.

E o fogo que iluminava era o mesmo que cegava.

* * *

"Haady", ele lhe saudou, com uma espécie de humildade altiva, no outro dia, quando esperava na frente do hotel. "Aquele que conduz ao leste".

Ela não lhe revelou seu nome.

* * *

Sem perguntar, ele a levou ao Ganges, ao rio de seu sonho, onde avistaram peregrinos fazendo abluções, mulheres lavando roupa, crianças ensaboadas e piras funerárias queimando. Ele a acompanhou até a escada enquanto ela se pôs a descê-la pisando os dois pés em cada degrau, como quem aprende a andar. Na beira do rio, tirou os sapatos e mergulhou nas suas águas escuras.

Não sabe quanto tempo ficou submersa. Os segundos se atrasaram, até que o mundo, por um momento, parou. Depois, tudo era esquecimento. Quando emergiu, ele veio em sua direção. Pela mão a conduziu até os degraus mais altos, onde se sentaram e se olharam com reverência. Pela primeira vez conversaram. E era como se já soubessem tudo do outro apesar do distanciamento da geografia, da língua, de deus, dos gestos, dos espantos. Já era fim de tarde quando ela lhe pediu que a levasse com ele.

* * *

O DESTINO É UM CONJUNTO ARBITRÁRIO DE COINCIDÊNCIAS.

* * *

Ele beijava as dobras de seus braços como se fosse sugar seu sangue por essas veias que se salientavam tal qual estivessem prontas para uma agulhada; sua boca percorria sedenta o espaço limitado de suas costas e todos os desvãos de seus corpos momentaneamente unidos, num gesto último que beirava o desespero de um parto, como se de dentro deles alguma esperança viesse à luz. Ele arfava sobre ela e ela se submetia ao peso do amor, enquanto sussurravam – aos gritos – palavras em duas línguas.

* * *

Quando ria, não parecia mais do que uma criança, mas frequentemente estava sério e, assim, seu rosto era o de um homem, com todos os fardos que uma face de homem esconde ao longo de uma vida, mesmo sendo ele tão novo. Havia algo por trás desse muro, dessa altivez, algo que ele deixava apenas entrever na forma como acariciava seu cabelo enquanto conversavam antes de enfim dormir, ao seu lado, de olhos fechados.

***

Seu oriente particular. Para lá desde sempre todas as suas fugas encaminhadas. Para lá os que nunca regressaram. Lá o ópio que consola. O alimento de sua alma. Ela tocou seu alimento e ele também, sentado no chão, o gesto majestoso de Shiva, quisesse ele ou não ser o deus da destruição.

***

No dia anterior à sua partida, quando se amavam, ela viu em seus olhos, com assombro, uma luz da cor da aurora dos trópicos. E essa luz projetava todo o universo em sua infinitude, temporal e espacialmente. Entre todas as coisas que palavra alguma poderia descrever com inteireza e que nenhuma memória seria capaz de conservar intactas, distinguiu um feto completamente formado dentro de um útero a mover os dedos das minúsculas mãos, os desertos de areias quentes jamais percorridos, todos os templos erguidos por mãos humanas em nome de deus, viu a morte do último homem sobre a terra, uma frágil flor de lótus emergindo de um lago pantanoso, homens escondidos em trincheiras, viu a terra a se mover, viu rostos ancestrais, os sóis fenecendo no espaço como uma vela se apaga num quarto, o primeiro verso do *Rubayatt* de Omar Khayan e os demais versos nunca escritos, viu aquela enorme ferida brilhante se rompendo sobre Hiroshima, viu tombarem, diante do conquistador, um a um, todos os índios da América, uma grande família em volta de uma mesa, rindo num almoço de domingo ao ar livre, viu os guetos de ontem e hoje, viu aquela grande explosão que originou o mundo e dentro dela novamente um feto, e de novo os olhos dele, escuros, a fecharem-se em seu enigma.

* * *

No dia de sua partida, ele não apareceu.

* * *

Os que passaram além do Bojador foram transfigurados. E o futuro e o amanhã e a esperança e todas as palavras que remetem ao fim perdem o seu sentido cada vez que ela se recorda: não há depois quando se está dentro do círculo. O final do oriente já é o ocidente e, talvez, só exista mesmo a certeza desse céu acima, o mesmo de sempre, que reflete, como ele, todas as coisas do universo, onde tudo começa e para onde tudo retorna.

* * *

Todos os dias ela vai a Varanasi.

SOBRE

Triunfo

Quando Narciso nasceu, o cego Tirésias, que já vira o que era ser homem e o que era ser mulher, anunciou aos pais do belo menino que este viveria bastante e que durante muito tempo só saberia enxergar a si mesmo. Os pais, o deus Cefiso e a ninfa Liríope, não ficaram surpresos com o destino: com uma origem tão nobre, seria difícil que Narciso não se achasse, em sua longa existência, o centro do mundo.

As épocas transcorreram sem que Narciso fosse tocado pelo amor, que, no entanto, despertava tragicamente nos outros: a ninfa Eco, desesperada de paixão não correspondida, enlouqueceu, passando a repetir o nome do amado para qualquer coisa que lhe dissessem, o jovem Amínias se suicidou com uma espada dada pelo próprio Narciso. Santos, pecadores, pintores e outros artistas o amaram sem que ele percebesse, tão concentrado estava na imagem de si mesmo. Até que, um dia, ao buscar seu reflexo numa fonte, como costumava fazer no exercício do amor-próprio, viu lá dentro o corpo de uma jovem afogada. Foi a primeira vez que Narciso viu algo mais bonito que ele próprio. Não se sabe se por amor àquela imagem ou por ódio de sua beleza, ele se matou, afogando-se ali também.

Nesse lugar nasceu uma flor, a que deram o nome de ofélia.

Contra a natureza

I

Jean-Baptiste chegou à casa paterna depois de oito anos de estudos na Inglaterra. O marquês D'Arbanvilliers o aguardava, junto à esposa e ao casal de criados, à frente de sua propriedade em Clamart. Da última vez que o jovem estivera na terra natal, o marquês possuía também a casa em Champ-Élysées e ainda amargava a morte da esposa. Desde então, sua renda caiu de oitenta para sessenta mil libras anuais, ele se estabeleceu definitivamente no subúrbio e contraiu segundas núpcias com Esmée.

Houve codornas, carne de caça e sável, preparados por Sandrine, a criada. Ela e o marido estavam exultantes com a volta de Jean-Baptiste – durante muito tempo eles temeram pelo destino do jovem, a cuja mãe serviram por mais de dez anos até que ela adoeceu bruscamente, emagrecendo e empalidecendo até se transformar num fantasma etéreo e sem vida.

Feliz ou infelizmente o rapaz tivera a ventura de habitar um país que, entre os resquícios do byronismo e a singularidade de Brummel, o iniciara com elegância no idealismo mais extremado. Jean-Baptiste era o filho do século. Temeroso, pálido, franzino, com facilidade para o pensamento e dificuldade para a ação, só se sentia mais senhor de si quando desperto pelos vapores do absinto ou dormente pela fumaça do ópio oriental.

Esmée, depois de servido o digestivo, acompanhou Jean-Baptiste aos seus aposentos. À porta ela passou a mão pelo rosto dele com a expressão triste dos que não tiveram filhos e indicou o quarto, que ela mesma tratara de preparar para a chegada do jovem. Estava decorado com distinção e bom gosto que o surpreenderam. Ela voltou pelo corredor e Jean-Baptiste, mesmo vendo apenas a nuca, de onde pendiam fios escapados do coque – não se sabe se propositalmente ou não – e o desenho do decote às costas, pôde sentir a melancolia e, simultaneamente, a força vital que emanavam de sua figura.

No quarto, a sós, ele adormeceu em meio ao aroma inebriante de tuberosa, que parecia exalar dos lençóis cuidados pela madrasta, com quem sonhou. No sonho, a madrasta lhe passava as mãos pelo rosto, e se confessava duplamente abominável: por ter tentado tomar o lugar da mãe de Jean-Baptiste no coração do marquês e, ao mesmo tempo, por nunca tê-lo conseguido.

II

Jean-Baptiste só reviu a Paris de sua infância duas semanas depois de seu regresso a França. Ele foi direto à galeria de arte do pai de Louis, um de seus amigos mais próximos, no Marais. Eram uma família simples, de negociantes, mas sempre tiveram sensibilidade para a arte. O pai de Louis tinha morrido e agora o amigo, que também pintava, tocava o negócio. Entre as saudações e as lembranças dos tempos antigos, Louis quis compartilhar com Jean-Baptiste a mais nova aquisição da galeria, com que estava absolutamente deslumbrado, e que mantinha escondida nos fundos, para que ninguém a comprasse. Quando Jean-Baptiste a viu, ele teve a impressão de que ela dividia toda sua vida anterior de tudo o que viesse depois. Era uma pintura escura, ao mesmo tempo bizantina e moderna, cuja parte iluminada incidia sobre um cisne, que apoiava a cabeça sobre a figura mitológica de Leda, a qual tomava a luz de empréstimo da ave. Tal era a concepção da cena que a Jean-Baptiste pareceu que as asas do cisne eram, na verdade, as de um anjo em forma de mulher.

Louis arrastou o amigo até o ateliê de Gustave, o pintor. Ali, eles o viram trabalhar em suas telas, e depois conversaram sobre arte, a vida monástica do artista e suas inspirações. De lá partiram, deambulando, Jean-Baptiste ainda atordoado com o pintor, até Pigalle, onde primeiramente foram ver a apresentação da amante de Louis, "Alice acorrentada", num obscuro café-concerto, para depois subirem até uma casa de ópio em Montmartre, onde Jean-Baptiste, depois de fumar o cachimbo fino e comprido preparado por um chinês de barbas longas, viu, flutuando sobre sua cabeça, de forma muito vívida, a figura enorme de um anjo nu cujo rosto lhe era vagamente familiar.

Quando voltou a Clamart, Jean-Baptiste deparou com Esmée sozinha na sala principal, paralisada, de olhos fixos na lareira. Ela não o viu, ou fingiu que não, mas de perfil se notavam seus olhos brilhantes e úmidos.

III

O marquês estava ausente, como costumava fazer por dias, sem avisar Esmée. Esta ora se prostrava, de frente para a lareira, transformando-se numa figura estática em que apenas os olhos emitiam algum brilho de água, ora se punha a cuidar de seu jardim com dedicação. Desta vez estava perto dos antúrios, onde Jean-Baptiste a abordou timidamente. Esmée, numa fração de segundo, estava certa que o marquês tinha voltado, mas, ao ver o filho do marido, tratou de não demonstrar decepção. Antes, sorriu-lhe e passou a falar-lhe do seu interesse pelas plantas, flores, seus cheiros e propriedades.

Estava ultimamente interessada nas folhas do shiso, que a ela remetiam a Kyoto que nunca veria; nas orquídeas da vanila, no cheiro de limpeza da verbena, na correspondência que julgava existir entre a magnólia e a flor de lótus, na exuberância do jacinto d'água, na ingenuidade camponesa da lavanda, no predomínio orgulhoso do jasmim sobre todos os perfumes.

Dela mesma, que mexia na terra, exalava um odor confuso que parecia provir da mistura de tudo o que cultivava no jardim. Jean-Baptiste sentiu-se tonto e afastou-se, pretextando ir ler. No seu quarto, abriu uma maleta e retirou de lá os apetrechos que comprara de um velho perfumista francês que fechara as portas em Londres e se pôs a trabalhar. Extratos, espíritos, alcoolatos, bálsamos. Manuseou o âmbar, o almíscar, a mirra, o óleo de neroli, a frésia, a cássia. À noite, quando julgou que parte do trabalho estava concluída, foi explorar o jardim. Descobriu flores novas, perdeu-se nos cheiros, achou que perderia os sentidos também, deitou-se sobre a relva e, vitimado por um delírio que lhe atacava a visão e o olfato, vislumbrou uma cabeça de cisne sendo abocanhada até a base do longo pescoço por uma flor carnívora que recendia a jasmim-manga. Quando a nevrose abrandou, Jean-Baptiste apanhou flores do lírio-branco, da rosa e do ylang-ylang, folhas do vetiver e outras tantas, guiado apenas pelo nariz, e levou-as ao seu quarto, para apreciação.

Trabalhou intensamente, modificando elementos da natureza que, por si sós, nunca poderiam adquirir a complexidade da arte. De lá saiu dois dias depois, apesar da preocupação e dos protestos das mulheres da casa, com um pequeno vidro de aspecto leitoso como a opalina, em cujo interior descansava um líquido acastanhado, que ele batizou com o nome sinestésico de "O canal dos 5 sentidos". Levou o frasco até a sala principal, onde Esmée se detinha em frente à lareira apagada. Jean-Baptiste apresentou-lhe o invento como um medicamento, um bálsamo que, aplicado ao corpo, poderia curar a alma. Abriu a tampa, molhou os dedos indicadores e médio no líquido e esfregou-os em toda a circunferência do pescoço da madrasta, sentindo-lhe a pele quente e a vibração da jugular contra a ponta das falanges.

IV

A casa parecia mais iluminada, menos opressiva. Esmée estava mais viva e radiante, como um botão de flor que finalmente se tivesse aberto depois que o marquês abandonara os hábitos da ausência. Ele agora quase não se afastava dela e mesmo a procurava em seu quarto. Havia sons de risadas, conversas animadas ecoavam pela casa e mesmo os criados pareciam mais alegres. Jean-Baptiste assistiu a tudo com desapontamento e horror. Haveria de pagar o preço por intervir assim na ordem natural das coisas? Ao mesmo tempo em que se diminuía e se apagava diante da nova atmosfera da casa, sentia crescer o desejo de tocar aquela pele novamente, embebida em algo que ele tinha criado exclusivamente para ela.

Assim, Jean-Baptiste passou a se ausentar cada vez mais da casa do pai, cuja aura de felicidade conjugal ele não podia suportar. Com Louis, percorria os bares e cafés da Rivoli em tipoias bambas ou em caleças velozes. Também andavam muito, como era o costume da época. Jean-Baptiste bebia o bordéus e a champagne em cabarés onde mulheres faziam malabarismos, ou no Lapin Agile, onde ouvia a poesia dos nefelibatas, e tomava o absinto em bares soturnos, onde os frequentadores tinham olhos injetados e pareciam não reconhecer seus pares. Peregrinava pelas casas de ópio em busca do sono que já não alcançava e dali só despertava para perambular, sozinho, pela ilha da cidade.

Certa vez estava em uma cave onde tinha fumado uma novidade vinda do Marrocos quando foi interrompido por Louis, que o procurava. Louis tentou lhe falar, mas ele só conseguiu compreender o que se passava quando Esmée surgiu na sua frente, de olhos úmidos, para levá-lo para casa. Era preciso exaurir-se, acabar-se, destruir-se para ser digno de contemplar o belo, pensou, enquanto desfalecia num fiacre ao lado da madrasta.

Foi carregado para dentro da casa do pai com ajuda do trintanário e do criado. Esmée e Sandrine o assistiram enquanto se recuperava. O marquês não estava em casa.

Uma manhã, quando abriu os olhos, sentindo-se mais consciente, deu com Esmée, que o fitava. Ela lhe sorriu tristemente, e de sua figura não emanava nenhum odor. O marquês voltava a se ausentar e ela vinha lhe pedir que preparasse mais do elixir.

Jean-Baptiste hesitava. A madrasta lhe falou com uma sinceridade que ele não julgava existir. Depois, como ele ainda titubeasse, amargurado, indeciso, fechado em si mesmo, Esmée se despiu. Ele nunca tinha visto nada assim. Mesmo sem o perfume, a pele parecia algo só visto na pintura dos gênios, de uma cor que lembrava o nácar, mas aveludada e opaca. Um território infinito, que poderia ser cavalgado como uma estepe eterna. Ele se levantou da cama e tocou seu pescoço até onde começava a caixa torácica. Após uma pausa, passou os dedos por todo o contorno de seu corpo e beijou cada centímetro quadrado de seu tecido branco. Estava tão próximo de Esmée que podia sentir sua temperatura. Deitou-a e, quando finalmente se pôs sobre ela, invadiu-o o delírio da flor carnívora a devorar o cisne pela cabeça. Não conseguiu fazer nada. Não poderia conspurcar aquela beleza. Esmée compreendeu e eles se deitaram na cama, abraçados, e adormeceram.

No dia seguinte, pela manhã, Jean-Baptiste disse a Esmée que prepararia o perfume, mas que gostaria que ela o acompanhasse a alguns lugares de Paris.

V

Passearam, logo pela manhã, pelo Boulevard St. Michel, no Quartier Latin. Da Sorbonne caminharam até o Panthéon, e de lá andaram a esmo, chegando até o Jardin des Plantes, que mais pareceu a Esmée o Jardim do Éden. Ervas, flores, todos os cheiros, para o deleite dela. Ela lhe confessou que seu sonho mais antigo era visitar todos os parques e jardins da cidade que tão pouco conhecia. Jean-Baptiste via a alegria da madrasta e também se alegrava. Depois ainda foram até a Place de La Contrescarpe, onde, no número 74 da Cardeal Lemoine, depararam com uma singela construção, que julgaram o lugar ideal para ser feliz, mesmo se fossem pobres. Logo depois, Jean-Baptiste a levou para a casa do pintor que tanto o impressionara. Lá pediu a Gustave que os retratassem. Gustave, contra seu método, aplicou-se no esboço de uma dançarina oriental que apontava, como se erguesse por mágica, com o dedo indicador da mão esquerda, uma cabeça de rapaz que pairava no ar.

Do meu *Livro de travesseiro*

I

Quanto a flores, o crisântemo dos cemitérios e altares budistas.

O lótus branco que nasce na lama.

A acácia que não tem perfume.

O ipê que os imigrantes japoneses adotaram por saudade das cerejeiras.

E a flor do capim.

II

Se fosse possível aprender a distância:
"A arte de ser gueixa em dez lições",
"Curso introdutório para dervixes",
"Método samurai nível avançado",
"Aulas de canto para muezzins",
"Meditação *mindfulness* com Buda Shakyamuni".

III

Do sono:
Cenas de cinema em câmera lenta.
Garupa de motocicleta.
Narração de partida de golfe.
Discursos cujo conteúdo não se compreende.
Chuva caindo em telhado de zinco.
Pescaria.
Estrada sem curva.
O movimento e o som de uma fogueira.
O grilo quando canta.

IV

Quanto a profissões, massagista de cachorro.
Tradutora de pássaro.
Manobrista de mula.
Babá de bicho-preguiça.

V

Sons que acordam a tristeza adormecida.
A cuíca que chora numa roda de samba.
O uivo de um único lobo.
A canção dos plantadores de algodão e das plantadoras de arroz.
A kalimba que faz lembrar a entrada do céu quando é apenas o começo do Quênia.

Uma rabeca antecipando a tragédia na festa de casamento ao ar livre.

O eco eterno da ninfa repetindo o nome de Narciso.

Notas de *acordeón* ressoando numa casa vazia.

A gaita que meu avô tocava.

O canto do pássaro na gaiola.

A evolução da espécie

O povo que habitava a norte de Tenotchitlán, no México, durante o período arcaico, comia cachorros. Não de qualquer tipo, mas o *xoloitzcuintle*, hoje em vias de extinção e conhecido apenas como xolo, cachorro sem pelo cuja pele se assemelha à de um elefante doente. Eram cachorros vegetarianos e essa era a razão pela qual consideravam sua carne mais saborosa que a de outros animais. Possuem orelhas grandes e pontudas como a do chihuahua, também oriundo de terras mexicanas, e são tão dóceis e fiéis que, dizem, quem alguma vez teve um xolo de estimação, apesar do aspecto repugnante de sua pele, nunca mais deseja os afagos de outro bicho.

Foi por causa desse seu caráter terno que eles passaram de refeição a animais de companhia e, já no fim do arcaico, a ser enterrados com seus donos, numa prática que consistia em levar para o túmulo o que estivesse, de alguma forma, ligado ao morto, como instrumentos de profissão, alimentos, bichos de estimação e escravos preferidos – vivos –, uma vez que, para os pré-colombianos, a morte era uma espécie de continuação da vida. Uma lenda curiosa assim refere a origem dessa raça de cães: o mais importante dos deuses, Quetzalcoátl, a serpente emplumada, teria ganhado suas penas mágicas do pássaro quetzal em troca da perda de pelos do seu irmão cachorro, o mensageiro Xólotl, que assentiu de bom grado, reconhecendo a supremacia absoluta de Quetzalcoátl. Assim, Xólotl, de condutor de almas da vida para Xebalbá, o reino dos mortos, passou a representar a generosidade e a abnegação, sendo o único deus do vasto panteão pré-colombiano a quem não se faziam sacrifícios de sangue, mas apenas oferendas de vegetais.

Depois da chegada dos espanhóis, os astecas que restaram, já cristianizados, continuaram a festejar a morte, essa outra parte da vida, e, no Natal, não era o menino Jesus que punham na manjedoura no centro do presépio, mas um filhote de cachorro. Sem pelos.

Se Dexter Gordon cantasse

Quando à noite ofereço um pouco de whisky a Turíbio, estendendo meu copo em direção a seu nariz, ele vira a cabeça para o lado, num gesto de desprezo. Mas não se afasta, porque sabe que a música vai começar.

Então nos pomos a escutar as diversas versões de "'Round Midnight". Depois de o whisky fazer algum efeito, imito Dexter Gordon, no filme homônimo, quando, olhando para um bêbado que acabou de cair para trás, pede ao barman, com sua voz rouca e mole: "Quero tomar o que esse aí tomou".

Turíbio tem a felicidade de só precisar da música: em pouco tempo ele já está em paz, dormindo, com sua imensa cabeça de buldogue apoiada sobre minhas coxas.

Alices

Li a versão integral de *Alice no País das Maravilhas*, que eu conhecia de adaptações infantis, pela primeira vez aos 33 anos, na cama da enfermaria de um hospital, nos dias anteriores à minha alta, quando eu, já recuperados alguns movimentos, conseguia pelos menos virar sozinha as páginas de um livro, depois de passar dez dias em coma em uma Unidade de Tratamento Intensivo. Foi um presente, em vários sentidos. Porque afirmam que eu "nasci de novo", posso dizer que este foi o primeiro livro que li na minha (segunda) vida. E o país das maravilhas, para mim, passou a ser algo muito concreto, mas de difícil definição, pois eu não poderia jamais admitir que, quando as coisas não vão bem, não é para o colo de minha mãe, os braços do amado ou o ombro do amigo que meus pensamentos se dirigem, mas para aquele quarto coletivo de hospital público, sem espelhos, onde recebo, em paz no meio dos mais variados barulhos, os cuidados de rosângelas, marias da graça, sandras e outras enfermeiras, faxineiras e funcionárias de cujo nome já não me lembro.

No palácio do machado de dois gumes

Como será meu redentor? – me pergunto.
JORGE LUIS BORGES, "A casa de Astérion"

Não compreendo por que brada, em voz alta, não existir outro igual a ele sob o Sol, quando, no mundo, tudo se repete infinitas vezes. No céu, nem a maior das estrelas é única, pois quem as criou fê-las múltiplas. Mas que ele acredite ser especial. Não serei eu a desmenti-lo, embora minha vontade seja a de, como um eco ao contrário, responder-lhe que, assim como essas paredes, aposentos e corredores se multiplicam, há outros, muitos outros como ele. Mesmo os deuses, acrescentaria, são vários. Não há nada uno sobre a terra (*acaso a rainha deu à luz apenas um filho? Não saiu Ariadne também de suas entranhas?*).

Nem mesmo sua monstruosidade é singular: que o digam aqueles que nos mandaram para cá. Se estas paredes que se confundem como os caminhos do universo fossem revestidas de placas de cobre ou bronze polido como dizem ser a versão original, no Egito, ele teria consciência de seu aspecto horrendo, de sua semelhança com os responsáveis pelas hecatombes sem fim? Pois, a cada nove anos, são exatamente cem os oferecidos em sacrifício. Ele, que não sabe contar, crê que as vítimas são apenas nove. Por isso não sabe que estou aqui (*é um mistério como um ser tão limitado possa conhecer os meandros de uma construção tão enigmática*).

Reflito sobre isso durante o tempo ocioso, mas o fato é que me convém que ele se creia só. Porque o mais provável é que eu não sobrevivesse caso ele me encontrasse. Por certo devoraria minha carne, sem apetite, depois de matar-me unicamente para combater o tédio. E eu, em minha natureza, não seria capaz de defender-me a contento (*sinto falta de quando podia andar sobre a relva e viver, bucolicamente, da terra. Tenho o direito de sonhar*).

Aqui meus dias se resumem a evitá-lo. Todo meu esforço, desde que me mandaram para cá, consiste em não estar onde ele está, isto é, em muitos lugares. Quando o escuto aproximar-se, esgueiro-me, em silêncio, para outra parte. Há dias em que atravesso tantas portas, que me perco na contagem. Não sei se alguma vez já estive onde estou, se as cisternas e os pesebres são os mesmos de antes. Nessas contínuas fugas, ponho-me a imaginar que talvez outros, como eu, também se furtem à sua presença, silenciosamente, e que, portanto, estamos aqui, em número superior a catorze ou cem, mas indefesos devido à impossibilidade de comunicação e à nossa própria índole. A menor distância que já guardei dele foi no dia em que ele brincava de outro, fingindo contracenar com seu duplo invisível. Confesso que senti pena. Quis lhe responder como se fosse seu gêmeo, o irmão ausente, mas controlei-me a tempo (*do alto de sua imodéstia, ele me ouviria, entenderia minha língua?*) e me pus ainda mais convicto em minha busca pelo centro, que contém, segundo ouvi, a única saída. Quanto mais próximo do cerne, mais próximo da verdade. Foi o que soube quando, uma só vez, vi de relance por estes corredores seres como ele. Eram pai e filho e tinham sido jogados aqui dentro como castigo. O pai conhecia a construção e, quando atingiram o meio, fugiram pelos ares (*não me custa ter esperanças de encontrar, como eles, a saída, ainda que eu não saiba distinguir estas galerias, que existem muitas vezes, nem conheça a forma do centro e tampouco entenda de sobrevoos*).

É repulsivo o som que faz ao abater suas vítimas. É quase tão horrível quanto suas feições, que uma vez entrevi, escondido atrás de uma das infinitas portas: não havia um só chifre em sua cabeça e a cara, lisa e translúcida, em nada se parecia com a dos imolados.

Quando Alice encontrou K

Quando ali se encontrou cá, ou seja, quando deste lado do espelho – aqui –, Alice encontrou K, K lhe mostrou um inseto num tribunal. E assim ensinou a Alice que a vida às vezes é absurda, nunca matemática. Alice se esqueceu do coelho, do gato, mas não do baralho, e então entendeu que tinha sido expulsa de lá pelo próprio pai. Uma vez do lado de cá do espelho da verdade, foi posar madura e quase nua para um fotógrafo pálido e arquejante, aos nove anos de idade.

A outra causa

Meu amigo

Cuido que vá estranhar a missiva, quando temos a ocasião de falar um ao outro quase todos os dias, à saída da casa de saúde ou ao jantar, mas a palavra escrita, se não constitui uma ameaça ao próprio remetente (e não o é, neste caso, pela plena confiança que deposito em sua pessoa), é uma forma de o tímido se fazer entender com mais nitidez, porque o pudor geralmente perturba a clareza da exposição. E, também, temo que qualquer hora possa ser tarde demais.

Começo por lhe contar das circunstâncias em que conheci Fortunato.

Sempre fui dada a uma espécie de melancolia, ou tristeza crônica, que ninguém conseguia compreender e nem eu seria capaz de explicar. Subitamente era invadida por uma sensação tão poderosa de angústia que nem saberia diferençá-la de uma dor física, uma apoplexia ou cousa que o valha. E assim estava naquela tarde em que encontrei Fortunato, quando andava, sob uma grande soalheira, a esmo pelo Passeio Público, absorta, já tendo perdido meus irmãos de vista. Tinha vontade de chorar por tudo que estava ao redor: as pessoas que andavam sem propósito ou cujo propósito me parecia inútil, aquelas que as serviam, tão sem alma própria, como sombras a seguir corpos também desprovidos de alma, e crianças, condenadas a este mundo sem ter culpa que expiar... Tudo isso me enervava quando, em certo momento, avistei um pássaro machucado. Era uma juriti, e tinha a asa ferida. Para mim, foi a culminação de todas as lástimas e horrores que continuariam existindo, mesmo se eu não os tivesse visto naquela tarde de domingo. Agachei-me, tomei-a em minhas mãos, com lágrimas prestes a transbordar com violência de meus olhos sempre contidos e obedientes. Pudera ser eu aquele pássaro para que fosse minha, e não dele, a dor de não poder voar. Notei que alguém nos observava, a mim e ao pássaro. "Deixe-ma ver", disse, referindo-se à asa. Ergui os olhos desenganados para cima. "Não chore", disse, e antes que eu pudesse pronunciar qualquer palavra, ele continuou: "Ela vai ficar boa, posso assegurar à senhorita". E assim, trocamos algumas palavras. Soube que era médico da Santa Casa.

Encontramo-nos ainda, por casualidade, numa confeitaria, onde, ao dar-me a notícia de que o pássaro se recuperara e que partira com suas próprias asas, acabou encantando meus pais, que também lá estavam, por aquilo que meu pai chamava, quando reconhecia em alguém, o "sentimento de humanidade".

Tudo transcorreu muito rápido. Daí ao casamento, como bem sabe, foram apenas alguns meses.

Fortunato era um mestre que encontrara uma discípula atenta e desejosa de aprender. Eu depositava nele, de fato, a certeza de que me ensinaria tudo o que eu precisava para que nada mais me atormentasse. À época, ele sempre me contava histórias de doentes da Santa Casa, dos tratamentos e das pesquisas de fisiologia a que se dedicava. Desvendou-me os mistérios do corpo humano e dos males que o prejudicavam, com ciência, sem a crendice a que moças tolas como eu estávamos acostumadas. Eu lhe falava das histórias dos romances que eu tinha lido durante o dia e, à noite, quase sempre após a ceia, sentava-me ao piano e tocava noturnos ou outras peças de Chopin.

Assim transcorreram os primeiros tempos em rose et blanche, até que eu fosse novamente atacada pelo mal da melancolia. Minha velha companheira retornava.

Fortunato logo percebeu a mudança em meu temperamento. Em vez de me tornar mais introspectiva, como de costume, vi-me agitada, falante, irritadiça; ria alto e nervosamente, como para expulsar aquele mal que me corroía. Foi então que ele também achou meios de se me revelar.

Certa noite, depois da ceia, chamou-me ao gabinete. Pensei que fosse me mostrar algum estudo, mas deu-me uma pequena chave e indicou-me o baú que ficava ao lado do canapé. Destranquei o móvel e levantei a tampa. Dentro, havia toda a sorte de aparelhos e instrumentos, desses que os funileiros mantinham à venda, na porta das lojas, e com os quais se castigavam os escravos: máscara de folha-de-flandres, ferro para o pescoço, ferro para os pés...

"Agora vamos tratá-la", disse-me, pegando da máscara de flandres e, antes que eu imaginasse o que ele intentava, já tinha prendido a minha cabeça naquele aparelho abominável. Gritei, como uma cabra cega, mas a voz saía abafada e parecia sufocar a mim mesma, já que essas máscaras, destinadas a curar o escravo desobediente do vício da bebida, não têm abertura para a boca. Debati-me, gritando ainda, tentando arrancá-la, quando, desequilibrada, bati em algo e caí, perdendo os sentidos.

Quando recobrei a consciência, o dia amanhecia e eu me encontrava deitada no solo em frente ao balcão que se abria sob os primeiros raios do sol. Minhas pernas estavam amarradas e, inclinando a cabeça ainda zonza, vi Fortunato, sentado na *bergère*, a me observar com a calma e a serenidade de um homem que está em paz.

Tirou-me a máscara. Não sei por que, mas não fui capaz de pronunciar palavra. Nunca falamos a respeito do ocorrido.

Os procedimentos, no entanto, continuaram, sem que eu tivesse coragem de oferecer resistência: fui trancada dentro no baú, atada por ferros para ser exposta ao relento, privada de comida e de água pela máscara. Julgo que essa é a origem da minha debilidade, e que esta gerou a tísica, de que foi Fortunato, e não você, o primeiro a desconfiar. Foi então que teve início o padecimento moral que, provavelmente, agravou o do corpo.

Fortunato, desde que me descobriu doente, não mais recorreu a mim para se satisfazer. Em vez disso, passou a dispor de cães e gatos para tal fim. Fê-lo, sob a desculpa dos estudos de anatomia e fisiologia, primeiramente na casa de saúde, mas, como os guinchos dos animais atordoassem os pacientes, transferiu-os para cá.

Uma grande confusão apoderou-se de mim: senti-me rejeitada, indignada por ter sido substituída, presa de angústia por não me encontrar na pele daqueles bichinhos, ciumenta até, como uma esposa que se vê obrigada a dividir o amor do esposo com a comborça. Mas não era um sentimento vão, pois a verdade é que, quando submetida aos sofrimentos físicos infligidos por Fortunato, cessavam-me os sofrimentos do espírito.

Até então eu não sabia que me apetecia ver a mim em situação de desamparo e dor e, mais ainda, de compungir ou regalar quem assim mo visse? Sinto que é o que gostaria de me perguntar. Talvez soubesse. Talvez, não. Quando criança, em nossa casa nas Laranjeiras, divertia-me em fingir-me de ferida ou morta para meus irmãos. Cheguei mesmo a sujar-me com o vinho que furtei do armário para pretextar sangue. Até que papai, aborrecido com os sustos que eu pregava, contou-me uma dessas histórias que se contam às crianças para lhes incutir moral, em que o mentiroso, de tanto enganar os outros, não foi acreditado em hora de necessidade. Fez-me prometer que não o faria mais. Não o fiz, de fato, com os outros, mas, quando brincava sozinha, fantasiava ser a vítima fatal da pisada de cavalos e toda a sorte de ferimentos. Cousas da meninice, que tem sempre a imaginação por companheira? Hoje creio que o comportamento da tenra idade estivesse na origem dos episódios que vivenciei depois, com Fortunato.

É uma bênção quando na vida temos a fortuna de encontrar quem nos complete em nossas necessidades mais estranhas, de modo que não precisemos dispor de quem nos faça as vontades a contragosto. Recuperados de uma espécie de amputação com a qual nascemos, temos a ventura de nos tornar unos, inteiros. Sei que me julgará romântica, mas não é isso mesmo o amor, a busca da metade que nos falta? Se uma mulher precisa ser alegrada, que mal lhe faz o marido que é por natureza espirituoso e engraçado? Se o marido necessita que o tratem como se fora uma criança, porque na infância lhe faltou uma mãe, é errado que escolha por esposa uma mulher maternal, que lhe traga os cuidados de que a alma sempre se sentiu órfã? Há indivíduos que têm necessidade de sofrer para se sentirem vivos. Que mal há se encontram outros que gostem de feri-los? Uns gostam de falar pelos cotovelos, enquanto outros preferem ouvir. Não é uma ventura tal consonância, quando, na maioria das vezes, o único laço de afeição que se estabelece no matrimônio são os filhos? Oh, creia-me, meu bom amigo, Fortunato não é propriamente mau, satisfaz-se apenas em contemplar o sofrimento, mas não quer causá-lo, a menos que não haja outro modo de se aprazer. Sei que ele não pretendia, disfarçado em capoeira, ter machucado aquele Gouveia, de quem depois cuidou com zelo. Se pudesse escolher, tê-lo-ia encontrado já ferido para, então, embriagar-se da dor do pobre e curá-lo. Certamente preferiria alguém que quisesse, de boa vontade, ter as feridas longamente filtradas pelos seus olhos atentos. Creio mesmo que é por isso que me tenha desposado. Ele o sabia desde que me viu, àquele dia, no Passeio, sentindo a dor de uma asa ferida. Somos, os dous, opostos, marcados por dissonâncias, como bem o deve ter notado, e, no entanto, complementares. Sou mais parecida consigo do que com meu esposo, mas é por isso provavelmente, sabendo o quanto eu era como você, o quanto precisava do mesmo que você, é que não o pude amar, nem lhe dar aquilo que me faltava. Carecemos de algo, eu e você, que não encontramos em nós. Meu bom Garcia, talvez nos tenha, ainda sem incluir a si, por monstros, mas há mais de nós soltos na rua dos Ourives do que trancados, sob tratamento, na casa de saúde de Itaguaí.

Agora que meus dias se extinguem, peço-lhe, em nome do amor e da amizade que me têm, que esteja, mais que nunca, do nosso lado, com a compreensão de que só você é capaz. Pois que continuava amigo de Fortunato há muito sabendo do seu vício (por certo reparou como ele fitava tranquilamente o Gouveia, quando este sofria as dores da pancada, soube depois com que desprezo recebeu o pobre, que viera a Catumbi para lhe agradecer; observou-o no teatro, deleitando-se com dramalhões cosidos a facadas e indo embora antes de a peça acabar em farsa; acompanhou a disposição com que tocava a casa de saúde, absorto nos cáusticos; soube, por mim, da experiência com os pobres animais). Conhece tudo, exerce a medicina com ele, frequenta nossa casa todos os dias e dá mostras de apreciar nossa companhia. Enfim, é nosso amigo, o único! Quando eu não estiver mais entre os vivos, Fortunato precisará de si e você, dele. Rogo-lhe pelo menos que, debruçado sobre meu cadáver, lamente bastante a minha morte e derrame mais lágrimas do que se não estivesse sendo observado.

A propósito, a despeito de tudo, Fortunato apenas uma vez me enganou: a juriti da asa quebrada não sobrevivera.

Adeus,
Maria Luísa

DENTRO

Móvel e provisório

Tenho um carro. É simples, mas é meu (ainda o estou pagando) e me permite me locomover para qualquer lugar que seja. Não que eu precise ir para muito longe. Mas a sensação de pelo menos poder ir é reconfortante. A mobilidade é um grande dom. Posso levar também. Posso levar um doente ao hospital, antes que a morte o leve. Posso ser mais rápida que a morte. Na verdade eu fiz isso há alguns dias. Levei alguém a um hospital com o meu carro. Alguém que não voltou. Eu fiquei esperando – eu passei a vida esperando – mas ele não voltou. Era para ele voltar, não havia dúvidas quanto a isso, mas não deu certo. Ele ficou e eu fui. Depois de algum tempo parada, a gente se espanta com a capacidade que ainda tem de ser móvel. E se espanta mais ainda com o caráter provisório das coisas. A vida era provisória e eu não sabia. O amor era provisório e eu não sabia. Joguei no lixo do banheiro o presente com que eu esperava aquele que não voltou, peguei algumas roupas, o notebook, o cachorro e as coisas dele – casinha, cobertor, ração, brinquedo (ele precisa de mais coisas que eu, percebi com surpresa) –, pus tudo no carro e parti. Na estrada vi tudo ficando para trás numa velocidade absurda. O que eu era, o que sou, se despregou de mim como pele velha e ficou parado no mesmo lugar, enquanto a viagem prosseguia. Não preciso mais do que eu era, do que sou, constato também surpresa. Chego a algum lugar. Sei apenas que é também provisório. Utilizo o telefone fixo e imediatamente sua noção de fixidez me parece ridícula. Se eu voltar a ter uma casa, sei que só haverá celular. Móvel. Como o diminuto computador. Minhas roupas, onde estou, continuam na mala. Abriram-me um espaço no guarda-roupa mas não quero usá-lo. Minha mala é meu melhor guarda-roupa agora. De repente me dou conta de que móvel e provisório são sinônimos. Eu sou móvel, portanto sou provisória. Agora que estou perdida eu me encontrei. A gente se acostuma com tudo e muito rapidamente. A gente se acostuma com a falta que os outros fazem. O cachorro não. Ele precisa de mais coisas do que eu. Nem parece que um dia descendeu de um lobo nômade. Ele tem necessidade de que tudo esteja no seu devido lugar. Ele ainda não aceitou que não há lugar para nós. Por isso ele chora sem parar.

O dom do jasmim

Ela era destruição. Não podia afirmar que não fosse. Que não carregasse, como uma cicatriz, o sinal dos párias. O toque de Midas ao contrário, de modo a arruinar tudo o que tocasse. E ela não sabia não ser assim. Por várias vezes tentara, mas, antes de olhar para baixo, vinha a vertigem que lhe roubava a corda sobre a qual se equilibrava. E, quando dava por si, já tinha posto tudo a perder. Não era como uma tentação que se acercava: era como se ela fosse o próprio diabo caído. Tinha uma necessidade brutal de chacoalhar tudo, de tornar as coisas vivas a seu modo, pela violência, pela crueldade, pela dor. Para sobreviver a isso, alguns fugiram, mas, quando davam por si, tudo o que desejavam era ter de volta aquilo que os matava, buscando, de forma patética, o que haviam desdenhado com horror. Porque o extremo das coisas sempre fascina. Porque os vivos preferem existir no limite. Ele, ao contrário dos outros, tinha permanecido, mas, para compor a frágil estabilidade que lhe permitisse viver dela sem morrer disso, viajava com frequência sob diversos pretextos. Ela fingia acreditar neles. Quando ele partia, ela punha o perfume que ele tanto odiava porque lhe lembrava o cheiro da morte, dos cemitérios abandonados onde algumas plantas secam e outras vicejam em desordem. Ela punha o perfume para si mesma, sem saber que com isso realçava sua sina. Ela o usava até que ele voltasse. E ele voltava, pois sabia afinal que o espetáculo de um vulcão em erupção não era menos belo só porque assolava uma cidade.

Horizonte

Tinha a vaga sensação de já ter vivido isso antes. Na infância, ou na adolescência, entre colegas ou familiares. Uma espécie de sentimento de rejeição, de que não era mais necessária. Como se incomodasse. Por isso a distância dele, o desinteresse pelo que dizia respeito a ela. Talvez ele a tivesse desvendado. Talvez o mistério que o impelira para ela se esvaísse como quando se limpa uma peça antiga, há muito perdida entre os pertences da família, e se descobre que não valia a pena tê-la guardado – o desenho é de mau gosto, a qualidade é ruim. Não era cristal, mas vidro que exibe uma transparência opaca e imperfeita. O certo é que ele descobrira a verdade. Sempre guardara um ou outro truque, para ser usado em momentos estratégicos – quando ele precisava ser feliz –, mas agora ela não tinha mais com que entretê-lo. A cartola se esvaziara e ela achava que era chegada a hora de ir embora. Saiu da cama, de olho na luz fraca do corredor, a que sempre a guiava nos momentos de insônia até a sala e, uma vez lá, fez o que sempre fazia: sentou-se na cadeira de vime da sacada e olhou à frente. Logo o sol nasceria e se imiscuiria por entre todos os prédios que sua vista alcançava, dos mais distantes na linha do horizonte até os mais próximos de onde estava, para acabar atingindo a cadeira em que se encontrava. Ainda, entretanto, o que se via era o tom de crepúsculo, de alvorada incerta, que conferia aos edifícios um aspecto espectral de abandono: grande parte das luzes estava apagada e ela imaginou que era essa a paisagem que veria se o mundo tivesse sido destruído. Esqueletos de concreto que deveriam ser preenchidos com luz, porque essa era a sua natureza: os prédios existiam para resplandecer. Ficou pensando no passado e no futuro. Em como uma catedral era vista pelos habitantes de uma época anterior à luz elétrica. Em como veriam os destroços os contemporâneos do apocalipse. Em quantas vezes mais ela ainda contemplaria aquela cena. Que era, afinal de contas, sempre a mesma, como o sol, pesado e imóvel, de antes, de hoje e o do amanhã distante, concluiu, levantando-se e olhando fixo para frente, antes que os primeiros raios a tocassem.

Um pouco de luz

A luminária clareava somente uma pequena área sobre a mesa, o lugar onde estava aberto o livro, enquanto ela ensaiava a leitura. Em vão. Antes pensava que bastaria apenas isso – um livro à sua frente – para que ela vivesse. Talvez fosse assim na maior parte do tempo. Mas naquele momento ela precisava de mais, e não podia ter. Tinha saído do quarto – o pequeno mundo que lhe cabia – antes que ele, desejando dormir, pedisse que ela apagasse a luz ou fosse ler em outro lugar. Na sala, os adolescentes assistiam a um filme de terror no escuro, entre gritinhos excitados. Ela também não podia com eles. Como poderia dizer que a deixassem acender um abajur e que fizessem silêncio? Que a deixassem existir em paz? Desde que se casara, percebera que existir simplesmente, por si só, era um prazer apenas encontrável na solidão do passado. A vida em comum com outros seres lhe parecia cada vez mais algo contrário à natureza humana, ou pelo menos à sua. Tinha-se de estar todo o tempo vivendo para o outro, atento ao outro, ou tudo se desarranjaria. O casamento exigia uma positividade que ela efetivamente não tinha: sua mente era incapaz de concentração contínua, seu rosto, pouco dado a sorrisos, seu corpo, inepto para o tato. Até então tinha conseguido, mas à custa de um esforço tão grande que, ao fim de um dia, ela se sentia drenada de qualquer força. Exaurida, precisava que a deixassem, por um breve momento, despir-se de tudo que não era ela. Mas, às vezes, quando estava muito exausta e quando lhe restava um espaço muito pequeno para ser, até os livros – essa porta constantemente aberta para o mundo da existência – pareciam para sempre fechados.

Lobos

– Você gosta de mim?, perguntou, agachando-se, até que seus olhos ficassem na altura dos de seu interlocutor. O cão a fitou com o mesmo olhar límpido de sempre. Ela sorriu, talvez de si mesma. Fazia vários dias que os lábios não executavam esse movimento. Fazia tempo que ela não tinha vontade de contrair nenhum músculo em sinal de alegria por estar viva. Ela era injusta. Era uma perfeita estranha até para si mesma. Precisava tanto dos outros que fugia deles. Ela simplesmente não saberia como. Como reclamar para si o direito a uma amizade, por exemplo. Como dizer para a colega da classe do inglês que fossem tomar um café. Os outros eram perfeitos estranhos. E ela não saberia. Por isso perguntava ao cão. Esse cão que a suportava todos os dias, todos os momentos, e cuja companhia, para ser sincera, ela preferia à de qualquer outro ser humano, na falta de lobos. Ela não precisava fazer nada. Ele não precisava também. Eles se seguiam pela casa. Só isso. Ela falava com ele, quando a vontade de comunicação, de articular algum som, parecia estar prestes a irromper de sua garganta como um vômito, do qual alguém tem pressa em se livrar, mas para o qual não se quer olhar mais, uma vez expelido. E ficava intimamente grata que ele não pudesse responder.

Quando a solidão e o estranhamento a abalavam a ponto de sentir náusea, era a ele que se agarrava e que abraçava com uma fúria tal que temia quebrar-lhe os ossos pequenos e frágeis. Era assim que ela fazia. Só para se lembrar de quem era. (Ela sonhava com uma matilha. Com lobos nos quais se pudesse fiar apenas pelo cheiro.)

Nota da autora

"A outra causa" faz parte de *Capitu mandou flores: contos para Machado de Assis nos cem anos de sua morte* (Geração Editorial, 2008). "Díptico", "Lobos", "Quando Alice Encontrou K", "Hora Marcada", "Alices", "Se Dexter Gordon Cantasse" e "Móvel e Provisório" integram *Este lado para cima* (2011), edição cartonera publicada pela Sereia Ca(n)tadora, selo da revista *Babel*. "Romã", "Viagem a um lugar comum" e "Contra a natureza" apareceram pela primeira vez na antologia *Cinquenta versões de amor e prazer: cinquenta contos eróticos por 13 autoras brasileiras* (Geração Editorial, 2012). O conto "Partes homólogas" foi traduzido para o espanhol e publicado em *Cusco, espejo de cosmografías: antología de relato iberoamericano* (Ceques Editores, 2014).

Esta obra foi composta em Bembo Book Pro,
e impressa em papel pólen bold 90 g/m² para
Editora Reformatório em outubro de 2019.